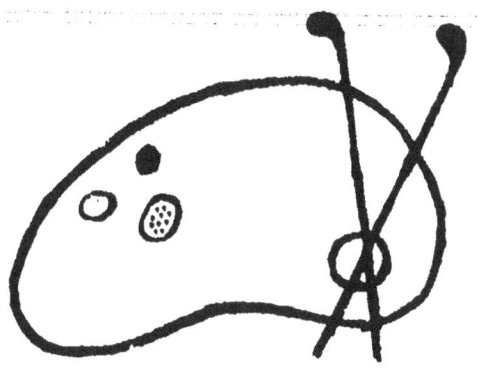

Début d'une série de documents
en couleur

COUVERTURES SUPERIEURE ET INFERIEURE D'IMPRIMEUR

Fin d'une série de documents
en couleur

LA
CHAPELLE DE LA FORÊT

8ᵉ SÉRIE GRAND IN-32.

LA CHAPELLE

DE LA FORÊT

TRADUIT ET ÉDITÉ

DU CHANOINE SCHMIDT.

LIMOGES

EUGÈNE ARDANT ET Cᵒ, ÉDITEURS.

LA
CHAPELLE DE LA FORÊT

Dans une petite auberge d'un village de la Bretagne, le 8 janvier 1802, se passait une scène bien triste. Sur un mauvais lit sans rideaux était couché un homme de quarante à cinquante ans; sa figure jaune, maigrie; ses yeux caves et ternes; ses traits qui déjà portaient cette empreinte dont la mort marque ses victimes quelque temps avant de les saisir; ses membres affaissés, tout son extérieur enfin, annonçaient qu'il avait à peine quelques heures à vivre. Auprès du lit, un jeune gar-

çon de dix-sept ans environ, les pau-
pières rouges et gonflées, était at-
tentif aux moindres signes du mourant ; il semblait épier un geste de sa
main, un mot de sa bouche ; mais la
main était immobile, la bouche était
muette. Sur un vieux fauteuil de bois,
foncé d'une planche, un ecclésiastique d'un aspect vénérable était assis
et semblait prier.

L'enfant, c'était un fils qui atten-
dait les dernières paroles d'un père,
et dont les larmes étaient taries après
avoir coulé pendant cinq longs jours
et cinq longues nuits. Le vieillard
(c'était un ministre du Seigneur) qui
assistait le mourant lui apportait les
secours et les consolations de la reli-
gion.

La chambre renfermait les meubles
grossiers que contient ordinairement

une auberge de village ; des harnais étaient suspendus à la fenêtre ; dans la cheminée fumait un triste feu de tourbe ; une lampe, répandant une lueur douteuse, laissait deviner plutôt qu'elle n'éclairait ce spectacle de douleur.

On entendait parfois un soupir du malade ou un sanglot de l'enfant. Au-dehors, les sifflements aigus et impétueux d'un vent d'hiver, une pluie violente qui venait battre les vitres, ajoutaient encore à la tristesse de ce tableau.

— Tout-à-coup le malade poussa un gémissement ; il fut pris de convulsions qui durèrent quelques instants, ensuite il se trouva plus tranquille, et d'une voix faible, appela son fils auprès de lui. — Viens, Gustave, dit-il, profitons du peu d'instants qui me restent, je sens que demain je serai avec ta mère. Ecoute mes derniers avis. J'ai fait tous mes efforts pour t'inspirer le goût de ce qui est bon pour faire de toi un vrai catholique. Tu ne pécheras donc pas par ignorance, mais tu peux t'égarer. Rappelle-toi chaque jour les leçons que je t'ai données, n'abandonne pas la bonne voie; prie Dieu aussi souvent que tu le pourras : l'homme a toujours à le remercier de quelque bienfait ou à solliciter quelque grâce. Le Seigneur aime surtout qu'on le prie dans son temple. Ne passe jamais devant une église sans y entrer et sans y adorer le Père, le Fils et le Saint-Esprit, sans honorer la sainte vierge et ton patron.

Voici plus de six années que nous sommes séparés de ta sœur. Ne cesse pas de chercher à découvrir où elle peut être ; il me semble que vous ne devez pas ainsi toujours vivre séparés, et que Dieu vous réunira tôt ou tard.

Maintenant, mon fils, laisse approcher ce respectable prêtre. C'est lui qui doit me préparer à mourir.

Le jeune homme couvrit son visage de ses deux mains, et alla dire au prêtre que le malade le demandait. Après une conversation de quelques minutes, le saint viatique fut administré au mourant, et bientôt il s'endormit du sommeil du juste.

Le bon père, le bon chrétien qui venait de succomber se nommait *Félix Brichaud*. C'était un médecin habile qui habitait jadis Saint-Amand, petite ville du département du Nord. Il avait eu pour bienfaiteur, dans sa jeunesse, le comte de Saint-Paulin, aux bienfaits duquel il devait d'avoir pu étudier la médecine et acquérir une position honorable.

Lorsque la révolution française éclata, il vivait tranquillement avec une jeune femme qu'il avait épousée quelques années auparavant, et deux enfants, dont l'aîné était un garçon nommé *Gustave*, et l'autre une petite fille appe'ée *Julie*.

Le comte de Saint-Paulin se vit bientôt proscrit comme les autres membres de la noblesse française. Il demanda un refuge à Félix Brichaud et ne le trouva point ingrat. Le médecin le cacha pendant un mois et parvint à lui faire passer la frontière Malheureusement Félix Brichaud avait du mérite, et conséquemment des ennemis. Il fut dénoncé aux autorités d'alors, et convaincu d'avoir donné asile à un proscrit ou, comme on disait, à un *émigré*; jeté en prison il n'échappa à la mort que très-difficilement et grâce à la protection d'un savetier qu'autrefois il avait soigné gratuitement et qui était devenu un personnage influent : on était en 1794.

Félix Brichaud fut obligé de quitter le pays, avec sa femme et ses deux enfants. Ce déplacement le ruinait, car il lui faisait perdre la clientèle de toutes les personnes qui avaient confiance en lui.

Cette famille infortunée se retira d'abord à Cambrai. Là, elle épuisa ses dernières ressources. Le père ne trouvait à soigner que des gens pauvres et qui ne le payaient pas. La mère travaillait jour et nuit, mais

ne gagnait que fort peu de chose.
Enfin, Félix Brichaud se vit obligé
d'entrer comme chirurgien dans un
hôpital militaire qui était établi au-
delà de la frontière. Les appointe-
ments qu'on lui allouait devaient
suffire pour les besoins de sa femme
et de sa fille, âgée de cinq ans.
Quant à Gustave, qui atteignait
dix ans, il devait suivre son père.

Madame Brichaud, désolée de
quitter son mari, se soumit cependant
à la nécessité. Une correspondance
régulière eut lieu entre les deux
époux; mais trois mois après leur
séparation, l'armée française ayant
fait un mouvement en arrière, l'on
fit évacuer l'hôpital, et une partie des
chirurgiens ou officiers de santé qui
s'y trouvaient furent, bon gré mal
gré, attachés à des régiments qui s'en

trouvaient privés. Félix Brichaud fut
de ce nombre; il annonça cette
nouvelle à sa femme; il lui dit en
même temps qu'il ne pourrait sans
doute la voir que dans plusieurs mois,
car la division dont il faisait partie
allait se porter vers l'Allemagne.

Effectivement, six mois se passè-
rent avant qu'il fût possible à Félix
Brichaud de rentrer en France. Son
mérite, qui avait été promptement
apprécié, et les importants services
qu'il avait rendus, avaient été de
nouveaux motifs pour qu'on ne lui
permît pas de quitter son emploi.
Pendant trois mois il avait reçu de
temps en temps des lettres de sa
femme; tout-à-coup la correspondance
cessa. Comme les dépacements du
régiment étaient très-fréquents, et les
moyens de communication difficiles,

le premier mois il fut contrarié de ce défaut de nouvelles, mais sans qu'il s'en inquiétât ; à la fin du second mois, son inquiétude était très-vive, et il écrivit lettre sur lettre ; le troisième mois s'étant écoulé sans nouvelles, il n'hésita pas à quitter le poste où on le retenait par force, et rentra furtivement en France avec son fils. Il vola vers le village où sa femme demeurait alors qu'il s'était fait attacher à l'hôpital militaire : là il apprit avec désespoir que depuis près de quatre mois madame Brichaud était morte, et que sa fille avait disparu. A force de recherches, il obtint des renseignements un peu plus exacts ; on lui dit que lorsque la mère avait été conduite à sa dernière demeure, la petite Julie avait suivi le cercueil, et après l'inhumation était réstée près de la tombe ; que des enfants du village affirmaient l'avoir vue en sortir avec une dame qui la tenait par la main et qui cherchait à la consoler.

M. Brichaud supposa que quelques paysans, qui demeuraient près de la maison où était restée sa femme, auraient pu lui donner des indications plus satisfaisantes ; il les sollicita et même les menaça ; il ne put rien avoir d'eux ; ces gens sans conscience s'étaient partagé les dépouilles de leur voisine, et ils craignaient que la jeune fille ne les dénonçât à son père ; celui-ci eut l'intention de s'adresser aux autorités ; il fit même une démarche ; il n'osa pas en faire une seconde, quelqu'un l'ayant prévenu que s'il attirait l'attention on pourrait bien le mettre en prison comme suspect ; en ce temps les hommes les

plus vils et les plus pervers étaient en
tous lieux dépositaires du pouvoir.
Brichaud pensa qu'après ce qu'il
avait éprouvé à Saint-Amand, après
son évasion de l'armée, il n'eût pas
évité une condamnation à mort si
une fois on l'eût emprisonné.

Le malheureux père quitta en gé-
missant ce pays, et il alla s'établir à
quelques lieues de là. Bientôt l'invasion de la France par les étrangers,
l'armée française qui se retirait devant
eux, le contraignirent à fuir plus
loin ; et six mois après, quand il revint, toutes les traces de la dispari-
tion de l'enfant étaient entièrement
perdues. Vainement il osa cette fois,
grâce à la tranquillité qui renaissait,
s'adresser aux magistrats ; vainement
il parcourut tous les villages, les
hameaux, les fermes des environs ; il

ne découvrit rien. Il est vrai que bien des maisons étaient encore inoccupées.

Quand Félix Brichaud eut épuisé tous les moyens humains pour retrouver sa fille, il se dit que Dieu seul maintenant pouvait la lui rendre.

L'ordre n'était pas encore assez bien rétabli pour qu'il retournât à Saint-Amand ; mais il avait un oncle paternel qui résidait à Niort ; il se rendit dans cette ville afin de se trouver auprès de quelqu'un qui pût l'aider dans le nouvel établissement qu'il allait former. Ce parent l'accueillit de la manière la plus affectueuse, le reçut chez lui à sa table et parvint à lui procurer des moyens d'existence bien exigus, mais suffisants.

Félix Brichaud se partageait entre les travaux de sa profession et l'instruction de son fils ; il s'attachait à faire de ce fils un homme instruit et un bon chrétien. Gustave profitait de ses leçons ; son esprit s'ornait et son cœur se formait à la vertu ; il acquérait aussi des connaissances en médecine.

Plusieurs années s'écoulèrent et Gustave atteignit l'âge de dix-sept ans. Alors l'oncle de M. Brichaud mourut.

Depuis quelque temps celui-ci était tourmenté du désir de retourner dans le Nord, où il espérait avoir plus de facilité à établir son fils. Il réalisa donc la modique succession de son oncle et partit à pied avec Gustave. Tous deux portaient sur leur dos leur petit bagage. Comme cette manière de voyager était fort économique, et que parfois M. Brichaud pouvait en séjournant dans les villages où il n'y avait pas de médecin, gagner quelque argent, son fils et lui visitèrent avec détail les pays qu'ils traversaient; parfois même ils s'écartaient de la route directe.

C'est dans une de ces excursions en Bretagne que M. Brichand tomba malade; son fils le soigna avec toute l'affection que l'on porte à un père uniquement aimé; mais son habileté, sa science précoce ne purent prolonger des jours dont le terme était fixé. Gustave rendit à son père les derniers devoirs; il remercia le digne ecclésiastique qui seul s'était intéressé du sort des deux voyageurs, et continua sa route vers Rennes.

Dès qu'il y fut arrivé, il alla trouver le directeur de l'hospice, et parvint à s'y faire admettre comme élève.

Peu de temps après, les connaissances qu'il avait déjà acquises déterminèrent les médecins en chef à l'attacher au service. Il y passa deux années et perfectionna ce qu'il avait déjà appris, de telle sorte qu'à l'âge de dix-neuf ans il avait beaucoup lu, beaucoup vu, et que l'expérience et ses propres observations étaient les seuls guides qu'il eût maintenant besoin de suivre. Il obtint les dispenses nécessaires, et fut reçu docteur.

Quand il en fut venu à ce point, Gustave songea à obéir à la recommandation de chercher de nouveau ce que sa sœur pouvait être devenue. Il réunit le peu d'argent qui lui restait lors de son arrivée à Rennes aux petites économies qu'il était parvenu à faire sur son modique traitement, et, après avoir obtenu les certificats

les : ....rables de ses supérieurs,
il entreprit son voyage. Comme il
lui fallait traverser la France en
grande partie, il avait repris son ha-
vresac et cheminait pédestrement,
tâchant, comme l'avait fait jadis son
père, de tirer, en chemin, parti de
ses talents. Son air de jeunesse lui
nuisait quelquefois : bien des gens
ne croyaient pas aux talents et à
l'expérience d'un docteur qui semblait à peine sorti de l'adolescence.
Mais le plus souvent cette circonstance attirait l'intérêt et secondait
les bonnes recommandations dont il
était porteur. Gustave parvint ainsi
jusque dans le département du Nord.
Il séjourna au Catelet, petite ville
sur la limite. Il avait l'intention
de se rendre de là directement à
Valenciennes. Il partit un après-

midi et bientôt se trouva dans une forêt assez considérable qui est entre ces deux villes. Comme il faisait une grande chaleur, il quitta la route et suivit des chemins couverts qui lui semblaient tracés dans la même direction et qui cependant s'en éloignaient. Dès qu'il s'en aperçut, il voulut rejoindre la route en prenant des sentiers de traverse. Il se trompa et ne fit que s'éloigner davantage ; il chercha à s'orienter, alla d'un sentier à l'autre et finit par s'égarer tout-à-fait.

Il marcha longtemps sans rencontrer personne ; car pendant la belle saison il n'y a dans les bois, ni charbonniers ni bûcherons. Gustave voyait avec chagrin que le soleil déclinait ; il avait besoin de repos, de nourriture, et ne savait quand il pourrait en trouver. Il commençait à s'inquiéter sérieusement, craignant d'être obligé de se coucher sans souper et sans autre toit que les feuilles d'un arbre ; mais il aperçut tout-à-coup un petit clocher de forme pyramidale ; en s'approchant il vit que c'était celui d'une chapelle.

Il était présumable qu'un village se trouvait dans les environs, et l'appétit de Gustave le sollicitait vivement d'aller chercher un gîte le plus tôt possible. Mais en passant devant la porte de la petite église, qui était entr'ouverte, l'ordre de son père lui revint à la mémoire. — Voici une chapelle, se dit-il, je ne puis me dispenser d'y entrer ; j'ai même un double motif pour le faire ; je dois remercier Dieu d'avoir fait cesser mon embarras, et je dois aussi exécuter ce que mon père m'a prescrit.

Cédant à cette bonne inspiration le jeune homme entra dans le lieu saint. Il se mit à genoux en face de l'autel et pria Dieu avec ferveur, pour lui-même, pour son père, pour sa mère, et encore pour cette sœur qu'il se rappelait à peine avoir connue, et qu'il souhaitait tant de retrouver. Sans s'en apercevoir il termina sa prière ainsi à haute voix : — Mon Dieu ! ma sœur et moi nous sommes sur la terre sans amis, sans parents, sans famille ; daignez réunir les deux pauvres orphelins, afin qu'ils ne soient pas seuls ici-bas. Cependant, ô mon Dieu ! si votre très-sage volonté s'oppose à ce que je vous demande, je dirai toujours que votre saint nom soit béni !

Gustave ne s'était point aperçu qu'il n'était pas seul dans l'église.

Près de lui était venu se placer le desservant de la chapelle, qui avait entendu sa prière, et qui admirait tant de résignation dans un jeune homme que son âge eût dû faire supposer impatient et fougueux; il désira apprendre qui il était.

Au moment où Gustave allait sortir, le prêtre s'approcha de lui et le félicita de ses bonnes dispositions; il lui proposa ensuite de lui faire voir en détail la chapelle, qui renfermait de véritables beautés. Gustave accepta poliment, et ne se repentit pas de ce qui n'était d'abord qu'un acte de complaisance. En effet, cet édifice très-ancien avait été bâti avec beaucoup de soin, même de magnificence, par l'ancien seigneur du pays.

De son côté, le prêtre, en faisant voir au jeune homme inconnu la cha-

pelle, avait seulement voulu lui faire
une politesse : il en fut récompensé
par le plaisir que lui causa la conversation instructive et var.ée de l'inconnu.

Comme le crépuscule commençait,
ils quittèrent l'un et l'autre l'église,
et le voyageur demanda où il pourrait trouver un souper et un gîte. Il
avoua qu'il s'était égaré dans la forêt
et qu'il ignorait tout-à-fait où il se
trouvait. Le prêtre lui répondit qu'il
était curé de Saint-P..., village voi-
sin, et qu'il desservait aussi cette chapelle. Puis il invita le jeune homme
qui lui semblait doux, pieux et bien
élevé, à accepter chez lui l'hospitalité pour cette nuit. Après quelques
refus dictés par sa discrétion, Gustave
consentit, et tous deux charmés l'un
de l'autre, arrivèrent au presbytère.

Dès que le curé eut donné à Gustave
un souper qui rétablit ses forces épui-
sées par une longue marche, les deux
convives recommencèrent à conver-
ser. Le jeune homme, devenu peu
à peu confiant, conta son histoire, et
parla de ses projets. Après qu'il aurait
fait tous ses efforts pour découvrir sa
sœur, il voulait s'établir dans quelque village, où il pourrait s'assurer
des moyens d'existence et couler ses
jours dans l'obscurité. Son hôte lui fit
quelques objections, tâcha de lui
prouver qu'avec les talents qu'il pa-
raissait posséder déjà, son diplôme
de docteur, et l'appui des anciens
amis de son père, il pourrait arriver
à un poste plus brillant que celui de
médecin de village. Mais Gustave lui
déclara qu'une vie simple, au milieu
d'une population honnête et reli-

gieuse, les livres et l'étude, tormaient toute son ambition. Le lendemain matin le curé lui demanda si ses idées de la veille s'en étaient allées avec les songes de la nuit; Gustave persista, et affirma au curé qu'il nourrissait, depuis qu'il avait le malheur d'être orphelin, les projets qu'il lui avait communiqués.

— Hé bien! s'il est ainsi, mon jeune ami, vous pouvez dès à présent les réaliser. Le médecin qui résidait dans ce village est mort il y a trois mois, il n'est pas remplacé, car dans ces malheureux temps les docteurs deviennent rares; que n'essayez-vous de lui succéder? il vivait ici fort honorablement; cependant il avait, je crois, plus de bonne volonté et de probité que de science. Je pense que vous êtes aussi honnête, mais plus savant que lui : fixez-vous dans ce village; je vous prédis un prompt succès.

— Mais il me faut trouver tout de suite une maison, un mobilier, me donner un ménage, et en vérité je ne suis pas assez riche pour cela. — Ce n'est pas nécessaire ; si vous consentez à faire une tentative, je vous offre pour trois mois et plus l'hospitalité que vous avez bien voulu accepter hier : seulement vous consentirez, pendant ce temps, à donner vos soins à tous les pauvres de la commune.

— Quelle proposition me faites-vous là? le premier devoir d'un médecin n'est-il pas de soigner gratuitement tous ceux qui ne peuvent le payer! Du moins c'est une des leçons que m'a laissées mon père, et je me ferais scrupule d'y manquer.

Le curé, de plus en plus charmé

de son nouvel ami, le détermina à accepter ses offres. Gustave s'établit chez le curé, et sous son patronage il fut bientôt le médecin en titre du village et de tous les environs. Les talents dont il fit preuve lui acquirent une belle réputation, et à trois lieues à la ronde on ne parlait que de *M. le docteur Gustave.* Tel était le nom que lui avait d'abord donné le curé, et que tout le monde avait adopté.

Quelques mois après, grâce aux succès du docteur, nous le voyons établi, avec une vieille servante, dans une petite maison blanche, voisine du presbytère. Il a un cheval pour aller faire au loin ses visites.

Le jeune docteur avait voulu, par piété filiale aller faire des recherches sur le sort de sa petite sœur; mais le curé lui avait prouvé qu'il valait

mieux y employer quelque homme
d'affaires. Il donna donc ses instruc-
tions à un ancien procureur, qui au
bout de quinze jours lui fit savoir :
« Que deux des voisins de sa mère
» avaient dérobé ce qu'elle possédait
» en mourant ; que la petite fille avait
» été recueillie et adoptée par une
» dame fort honnête qui, lors de l'in-
» vasion ennemie de la même année,
» avait quitté le pays. Que sans
» doute les deux voisins savaient
» quelle était cette femme, car on
» leur avait entendu dire que la pe-
» tite se trouvait en bonnes mains ;
» qu'ils étaient morts tous deux, l'un
» l'année précédente, l'autre cinq
» ans auparavant. »

Après avoir reçu cette missive,
Gustave se dit que la Providence
seule pourrait lui rendre sa sœur ; il

se résigna et se livra tout entier à l'accomplissement des devoirs que lui imposaient sa profession et son esprit de charité.

Avec le temps le docteur vit encore augmenter sa clientèle. D'abord il n'avait soigné que les paysans. Les demi-bourgeois campagnards, les gens de la ville qui venaient là passer la belle saison, riaient quelque peu d'un Hippocrate qui n'avait pas de barbe. Cependant, comme il était presque le seul dans le canton, nombre de ceux qui avaient d'abord dit qu'ils ne pouvaient s'en remettre du soin de leur santé à un écolier, se virent contraints d'en essayer faute de mieux ; et dès qu'on connaissait notre docteur, on ne le quittait plus ; d'autres personnes furent ramenées par sa grande réputation de charité

et de piété. En effet, il était à la fois
le médecin de l'âme et du corps. Il
savait toujours appeler l'attention de
ses malades sur les idées religieuses;
qu'il y eût ou non du danger, il
persuadait que la meilleure disposi-
tion pour guérir, c'était d'être en
paix avec Dieu. Aussi, même dans
les cas les plus simples, l'on appelait
presque toujours le pasteur en même
temps que lui, ou on allait le trouver
après deux ou trois de ses visites. Le
digne prêtre se plaignait, en badi-
nant, de n'avoir que peu de chose à
faire. — Son exemple, disait-il, fait
taire les demi-savants, qu'il peut fa-
cilement confondre; il encourage les
jeunes gens qui veulent le bien sans
l'oser; et ses discours pleins de raison et de piété disposent tellement
l'âme de ses malades, que je n'ai

presque plus rien à gagner sur eux.
Enfin, il est aussi souvent que moi
dans notre église ou à la chapelle de
la forêt !

Un jour Gustave fut appelé chez
une vieille dame nommée madame
Gervais : C'était une ancienne fer-
mière, jouissant d'une grande aisance,
qui vivait dans une belle maison
faisant partie d'un petit hameau, à
une lieu du village. Elle avait toujours montré beaucoup d'éloignement
pour un si jeune médecin. Le motif
de sa répugnance n'était que trop
légitime : elle avait eu une fille ché-
rie, qui était morte dans ses bras par
suite d'un traitement absurde prescrit par un jeune chirurgien ; elle
aimait mieux se passer de secours
que de recourir à notre docteur, dont
la vue, disait-elle, eût rendu toute

vive une douleur que dix années
avaient amortie.

Cependant, comme l'âge lui cau-
sait des incommodités assez fré-
quentes, sa fille Cécile, qu'elle avait
auprès d'elle, avait obtenu la per-
mission d'écrire au docteur; elle s'é-
tait empressée de lui envoyer un
billet poli, qui l'invitait à passer chez
sa mère. Elle avait sagement fait de
se hâter, car tandis que Gustave ap-[
prochant du hameau, regardait avec
plaisir les trois lignes d'écrit re qui
lui ouvraient une maison importante,
la conversation suivante avait lieu
à son sujet.

— Ma chère Cécile, je regrette
d'avoir consenti que tu écrivisses à
ce jeune homme; je l'attends avec
répugnance; je me dis qu'il doit res-
sembler à celui qui m'a fait tant de

mal, et que sa vue va renouveler tous mes chagrins. — Moi, je suis au contraire on ne peut mieux disposée à son égard; l'on dit beaucoup de bien de lui, puis il s'appelle Gustave, et vous savez bien que c'était le nom de mon frère. — Ce n'est pas là une bien bonne raison pour avoir confiance dans un médecin! — Ecoute, je vais t'en donner une meilleure pour douter du moins de son empressement à venir : tu lui as écrit que je l'attendais à midi, et il est midi et demi, tout à l'heure; c'est un grand défaut pour un médecin de ne pas être exact.

Vous savez bien, ma mère, que cette pendule avance d'environ trois quarts d'heure; je vois au cadran solaire qu'il n'est pas encore midi; et, tenez, il me semble que j'entends frapper à la porte. Je vais voir, par la fenêtre, qui entre. Ah ! c'est un jeune homme que je ne connais pas ; sans doute c'est le médecin. — Est-il petit ? est-il vif ? a-t-il des cheveux blonds ? — Je ne puis vous le dire, car il monte l'escalier.

On annonça M. le docteur Gustave ; au grand soulagement de madame Gervais, elle vit entrer un jeune homme d'une taille élevée, qui avait des yeux et des cheveux noirs, une figure agréable, mais sérieuse. C'était l'opposé de ce qu'elle craignait. Il s'empressa d'interroger madame Gervais sur la maladie qui l'avait fait appeler ; il lui prescrivit un traitement, et après l'avoir remerciée de sa confiance il se disposa à se retirer.

Pendant la conversation qui avait eu lieu, Cécile était restée les yeux fixés sur le docteur; elle examinait son visage avec l'attention la plus scrupuleuse. Enfin, au moment où il prenait son chapeau, elle le pria d'une voix fort émue de vouloir bien écrire le traitement qu'il fallait suivre. Madame Gervais lui fit observer que ce traitement était la chose la plus simple du monde, et qu'elle l'oublierait d'autant moins que plusieurs années auparavant un médecin de la ville le lui avait déjà prescrit. — Je serai plus sûre de ne rien omettre, ma mère, lui dit-elle; et elle courut chercher tout ce qui était nécessaire pour écrire.

Le docteur écrivit son ordonnance, la signa; la jeune fille s'en empara avidement, et à peine eut-elle jeté les yeux sur la signature, qu'elle poussa une exclamation de joie et présenta à Gustave un petit livre, en lui disant : — Je vous prie, examinez bien ce livre.

Le médecin la regarda fort étonné. Madame Gervais elle-même ne comprenait rien à la conduite singulière de Cécile.

Cependant le docteur ouvrit le livre ; c'était une *Journée du Chrétien*, qui n'avait rien que de fort ordinaire. Mais dès qu'il eut tourné la première page, il pâlit et lut à haute voix ces mots : *Ce livre a été donné par moi à ma petite sœur Julie. Gustave Brichaud, 15 mars 1794.* — Grand Dieu ! Mademoiselle, d'où vous vient ce livre que j'ai donné il y a si longtemps à ma sœur, à la pauvre enfant que j'ai perdue ! elle aurait votre âge. Quoi ! seriez-vous...? mais non, vous vous appe-

lez Cécile. — Non, non, je ne m'appelle pas Cécile, je m'appelle Julie!
mon cher frère! et elle se jeta dans les bras que Gustave baigné de larmes, ouvrait pour la recevoir. — Et mon père? reprit-elle.

Gustave baissa les yeux.

— Hélas! s'écria la jeune fille, je l'ai bien peu connu, mais je le verrai là-haut.

Madame Gervais était pleine de joie et d'émotion. — Mon enfant, dit-elle à Julie, le ciel te récompense de ta piété et de ta bonne conduite; mais dis-moi ce qui a pu te faire deviner que le docteur pouvait être ton frère? — Oh! ma chère bienfaitrice, vous le savez : chaque fois que j'entendais parler d'un jeune homme s'appelant Gustave, il s'élevait dans mon cœur une lueur d'espérance que ce serait mon frère! Aujourd'hui, j'avais un motif de plus : le jeune homme que nous attendions s'appelle Gustave, et il est médecin. Quelle a donc été mon émotion quand, en le voyant, il m'a semblé retrouver sur sa figure et dans l'ensemble de sa personne l'image du père dont j'ai conservé un vague souvenir. C'est pour cela que j'ai voulu faire écrire et signer au docteur son ordonnance, car je n'aurais pas osé lui présenter le petit livre si je n'avais été auparavant certaine qu'il fût mon frère.

Le frère et la sœur se firent mille questions. Julie, qui avait quitté sa famille à cinq ans, ne conservait la mémoire de rien. Ce fut madame Gervais qui apprit à Gustave que peu de temps après avoir perdu sa fille unique, un après-midi qu'elle allait

gémir sur le tombeau de cette enfant
si regrettée, elle avait trouvé la petite Julie qui pleurait aussi assise
près d'une tombe nouvellement re-
couverte. — Je me dis, continua-t-
elle, que cette enfant venait peut-être
de perdre sa mère, comme moi j'avais
perdu ma fille. J'allai à elle ; les ré-
ponses naïves qu'elle fit à mes questions me touchèrent et me firent voir
en même temps que j'avais bien de-
viné. Je l'emmenai avec moi ; le soir,
lorsque je voulus la reconduire, j'appris avec étonnement que la pauvre
orpheline, jetée dans mes bras par la
Providence de Dieu, n'avait dans le
pays ni parents, ni amis, ni personne
qui s'intéressât à elle. Je résolus de
la garder provisoirement avec moi.
La petite me parlait de son frère, de
son père, qui était à l'armée, et je

pensais qu'ils viendraient la réclamer ;
je laissai donc mon nom et ma demeure au propriétaire de la maison
à côté de celle où était morte votre
mère. J'aurais voulu avoir quelques
papiers, quelques effets du moins,
comme signe de reconnaissance, je
ne trouvais rien ; l'on me dit que tout
avait été vendu ; heureusement la
petite avait dans la poche le livre
que vous lui aviez donné. Vous le
savez, personne ne réclama l'enfant :
je m'attachai à elle, je lui donnai le
nom de la fille que j'avais perdue, et
bientôt elle la remplaça tout-à-fait
dans mon cœur. Cependant, je fis
demander plusieurs fois à l'homme
auquel je m'étais adressée si l'on ne
faisait pas de recherches relativement
à Julie, car je me faisais scrupule de
l'enlever à sa famille ; l'on me ré-

pondit toujours qu'on n'en faisait point.

— Les misérables ! s'écria Gustave : pour profiter des effets volés ils séparaient la fille du père, et le frère de la sœur.

Madame Gervais lui expliqua ensuite qu'elle avait quitté le pays lors de l'invasion, et que résolue à ne pas retourner dans la maison où elle avait perdu sa fille, elle s'était établie dans ce hameau.

Gustave raconta aussi son histoire, et dit en terminant : — C'est à mon père que je dois d'avoir enfin retrouvé ma sœur ; s'il ne m'eût recommandé et pour ainsi dire imposé la sainte pratique de ne jamais passer devant le temple du Seigneur sans y faire une courte prière, je ne serais pas aujourd'hui le médecin de cette commune, et vous n'auriez ¡u m'appeler près de vous.

Bientôt madame Gervais eut deux enfants au lieu d'un; elle vécut longtemps avec Julie et Gustave; et en mourant elle leur laissa sa fortune.

FIN DE LA CHAPELLE DE LA FORÊT.

L'ENFANT QUI PRIE.

—

Thérèse, veuve d'un pauvre journalier, était restée chargée de cinq enfants, et pour les faire vivre n'avait que son travail. Un matin, elle donna à chacun des trois aînés, qui allaient à l'école de charité, un petit morceau de pain bien dur, en leur disant :

— Mes enfants, priez Dieu et notre Seigneur Jésus-Christ, protecteur de l'enfance, de venir à notre secours, car voilà tout ce qu'il y a dans la maison ; je n'ai pas de viande, pas de pain, pas seulement un œuf, et je ne sais comment nous pourrons dîner. Allez, mes enfants, le bon Dieu a dit : *Invoquez-moi dans le besoin et je vous secourrai*; demandez lui son secours.

L'aîné des fils de Thérèse était le petit Charles, qui avait à peine huit ans. Il conduisait avec lui Théodore, plus jeune que lui de trois années, et s'en allait bien affligé. Il passa devant la porte de l'église; en voyant qu'elle était ouverte, il songea à la recommandation de sa mère, il entra et alla avec son frère s'agenouiller sur les marches de l'autel, dans la chapelle du Saint-Sacrement. Comme il ne voyait personne, il pria ainsi à haute voix :

— « O Jésus! qui aimez tant les » petits enfants, venez à notre secours ; » nous sommes cinq à la maison, et

» notre maman n'a plus rien à nous
» donner, elle n'a plus de viande,
» plus de pain, pas même un œuf.
» Vous avez promis de nous secourir
» si nous vous le demandions, je
» viens donc vous demander de nous
» donner à manger, ainsi qu'à notre
» bonne mère. »

Les deux petits enfants allèrent
ensuite à l'école et revinrent à l'heure
du dîner.

En entrant, ils virent sur la table
deux grands pains ronds, un morceau de viande bien cuite et une cor-
beille pleine d'œufs.

— Ah! maman, s'écria le petit
Charles, le bon Dieu nous a enten-
dus! Est-ce un ange qui a apporté
tout cela par la fenêtre?

— Dieu a entendu ta prière, mon
cher fils, répondit la mère, mais il n'a

pas besoin d'envoyer un ange du ciel pour nous secourir, il a des ministres sur la terre. Pendant que tu priais à la chapelle du Saint-Sacrement, M. le curé t'écoutait ; il a eu pitié de notre détresse, s'est tout de suite occupé de me procurer un travail avantageux et m'a remis provisoirement, pour pourvoir à nos besoins, dix francs avec lesquels j'ai acheté ce que tu vois sur la table ; j'espère qu'à l'avenir rien ne nous manquera ; mettons-nous donc tous à genoux et remercions Dieu qui vient au secours des malheureux quand ils l'invoquent avec confiance.

———

LA MENDIANTE.

—

Une dame hérita d'un de ses parents, qui laissait une grande fortune. Ce parent était le seigneur d'un village, où il possédait un beau château. Avant de mourir, il recommanda à la dame de faire sur ses biens une pension de cent écus à la famille la plus charitable du village.

Au bout de quelque temps, la dame fit annoncer qu'elle allait venir prendre possession du château; et deux jours avant celui qu'elle avait fixée, l'on vit dans le village une pauvresse étrangère qui allait de porte en porte demander l'aumône. Dans la plupart des maisons, on lui répondait durement que le pain était cher, et qu'il n'y en avait pas de trop. Dans d'autres, tout en la rudoyant, on lui donnait quelque liard ou quelque morceau de pain moisi, quelques pommes à moitié gâtées. Enfin, elle arriva près d'une cabane habitée par un paysan, sa femme et leur petit enfant. Comme la pauvresse grelottait de froid, et qu'elle avait la figure et les mains toutes violettes, tant elle souffrait de la rigueur de la saison, le paysan, sitôt qu'il la vit à sa porte, lui dit d'entrer et de se chauffer à son feu. Puis il lui versa un verre de vin, sa femme lui coupa un morceau du peu de pain qu'elle avait chez elle, et le lui donna, avec une tranche de jambon. Le petit enfant aussi se montra charitable et lui offrit la moitié d'un morceau de galette que sa mère venait de lui donner. La pauvresse s'en alla en les bénissant.

Le surlendemain, l'on apprit que la dame du château venait d'arriver et les habitants du village furent invités par elle à dîner. On les introduisit tous dans une salle à manger, où il y avait une grande et une petite table. Celle-ci était couverte des mets les plus exquis ; sur la grande il y avait beaucoup d'assiettes couvertes.

La dame fit placer à cette table tous les gens du village, à l'exception de la famille qui avait secouru la mendiante, puis elle dit :

— Mon parent, qui m'a laissé ce

château, m'a ordonné de faire une rente de cent écus au plus charitable d'entre vous. Pour pouvoir remplir ses volontés, j'ai voulu vous éprouver. C'est moi qui avant-hier ai parcouru le village sous l'habit d'une pauvresse. Chacun de vous peut se rendre justice, et se dire s'il m'a bien accueillie. Je n'ai trouvé de charitable que ce pauvre homme, sa femme et son fils; aussi auront-ils la rente de cent écus tant que l'un d'eux vivra. Je leur dois aussi un dîner; qu'ils se mettent avec moi à cette petite table je vais le leur rendre le mieux qu'il me sera possible. Quant à vous autres, vous trouverez sur vos assiettes la juste récompense de ce que vous m'avez donné; vous pouvez lever les couvercles.

Les paysans n'étaient pas fort sa-

tisfaits de ce discours, ils le furent
encore moins de ce qu'ils trouvèrent
devant eux ; ceux qui n'avaient rien
donné virent leurs assiettes absolu-
ment vides ; les autres trouvèrent
l'objet même qu'ils avaient remis à
la pauvresse ; l'un une croûte de
pain, l'autre une pomme pourrie,
l'autre un mauvais liard. Enfin un
méchant petit garçon qui avait jeté
à la pauvresse l'os qu'il rongeait,
trouva cet os qu'elle avait ramassé.
La dame, après s'être amusée de
leur surprise, ajouta : — N'oubliez
pas que vous serez ainsi récompensés
dans l'autre monde.

LES LORIOTS.

—

L'hiver était très-rigoureux; Robert et Berthe, frère et sœur, avaient reçu chacun de leurs parents un petit sac de blé, pour aller le porter au moulin et en rapporter la farine nécessaire pour faire le pain de la famille. — Allez, mes enfants, leur avait dit la mère, et faites-vous bien rendre votre compte, car la farine est chère cette année. Je promets à celui de vous deux dont le sac sera le mieux rempli une petite galette que je ferai cuire en même temps que notre pain.

Berthe et Robert eurent grand soin

de ne pas perdre de grains dans la route; mais en arrivant au moulin, Berthe vit au pied de la haie dont était clos le jardin du meunier un grand nombre de petits oiseaux qui cherchaient de quoi manger et ne trouvaient rien : l'année avaient été mauvaise pour les animaux comme pour les hommes. En regardant ces oiseaux, Berthe laissait tomber à terre quelques grains; ils vinrent se les disputer jusque sous ses pieds.

— Ah! mon frère, dit-elle, vois donc ce sont les pauvres loriots qui nous amusaient tant par leur vivacité et leur ramage l'été dernier. En vérité, je ne puis les laisser mourir de faim; et en parlant ainsi elle leur jeta deux ou trois poignées de blé; les oiseaux se précipitèrent dessus comme des affamés.

—Tu viens de faire quelque chose de beau; répondit Robert. D'abord tu as perdu tout droit à la galette, car moi qui ai plus de blé, j'aurai certainement plus de farine; ensuite, tu as donné trois poignées de grains, pourtant tu sais qu'il est très-cher, et qu'à la maison nous n'en avons pas beaucoup. Va, nos parents te gronderont; tu avais bien besoin de te laisser aller à cette sotte compassion! — Mon cher frère, répliqua Berthe, je tâcherai que personne ne souffre du plaisir que j'ai eu à nourrir ces oiseaux. D'abord, toi tu y gagneras la galette, et quant à nos parents, pour les indemniser de ce que je leur ai enlevé, j'irai ce soir me coucher sans souper. Robert, en entendant cette réponse, se moqua de sa sœur, et ses plaisanteries ne ces-

sèrent pas jusqu'à ce qu'ils fussent
arrivés au moulin

On fit moudre aussitôt ce qu'ils ap-
portaient ; lorsqu'on leur rendit leur
farine, il a riva une chose étrange.
Robert trouvait exactement son
compte, et cependant Berthe avait
plus de moitié en sus. On fut obligé
de lui prêter un autre sac. — Bon
Dieu! dit Robert, d'où peut provenir
cette augmentation ? n'est-ce point
un miracle que Dieu a fait en faveur
de ma sœur, parce qu'elle a secouru
de pauvres créatures! Oh! je me re-
pens de l'avoir blâmée, et de m'être
moqué d'elle. Elle a bien fait, puisque Dieu l'a récompensée. Berthe,
qui était fort pieuse, se montrait
aussi disposée à concevoir la même
idée; mais le meunier leur dit : —
Enfants, ce qui s'est passé n'a rien

de surnaturel. J'étais derrière la haie de mon jardin quand vous êtes arrivés au moulin. J'ai entendu votre conversation ; j'ai pu juger de la bonté du cœur de Berthe, et j'ai voulu la récompenser. Cependant, vous devez conserver la même reconnaissance envers la Providence divine, puisque dans cette circonstance je ne suis que son instrument, et que c'est elle qui, pour vous encourager au bien, m'a inspiré la volonté et donné le pouvoir de récompenser la charité de Berthe.

LA MÉSANGE.

—

Regarde, disait Xavier à sa sœur, voici une jolie mésange qui se perche sur cet arbre; je vais y placer mon trébuchet, et je suis sûr que tout à l'heure j'aurai l'oiseau en ma possession. Il grimpa sur l'arbre, tendit son piége et se cacha avec sa sœur dans un épais taillis. La pauvre mésange fut en effet bientôt prise. Xavier escalada l'arbre de nouveau, mais en descendant il tomba et se blessa à la main; dans sa chute le trébuchet s'ouvrit et la mésange s'échappa.

— Bon Dieu! Xavier, lui dit sa sœur, à quel danger tu t'exposes; ne monte plus sur les arbres, car en montant tu pourrais te tuer. — Oh! ma chute est un accident, répondit-il en riant, qui ne m'empêcherait pas de recommencer tout de suite, mais ce serait peine perdue : la mésange connaît maintenant le piége; elle n'en approchera plus. — Si ce que tu dis est vrai, mon frère, cet animal sans raison est plus sage que toi, car il fuit le piége qui l'a pris, et toi, à peine échappé à un danger mortel, tu le braverais de nouveau pour satisfaire une fantaisie.

FIN.

TABLE

—

FIN DE LA TABLE

Limoges. — Imp. E. ARDANT et Cie.

Original en couleur

NF Z 43-120-8

www.ingramcontent.com/pod-product-compliance
Lightning Source LLC
Chambersburg PA
CBHW060812180626
46818CB00002B/790